# Los tranvías

Quinn M. Arnold

CREATIVE EDUCATION

semillas del saber

Publicado por Creative Education
P.O. Box 227, Mankato, Minnesota 56002
Creative Education es una marca editorial
de The Creative Company
www.thecreativecompany.us

Diseño de Ellen Huber
Producción de Angela Korte y Colin O'Dea
Dirección de arte de Rita Marshall
Impreso en los Estados Unidos de América
Traducción de TRAVOD, www.travod.com

Fotografías de Bigstock (Colour59, travelview), Getty Images (Yury Stroykin/500px), iStockphoto (Subodh Agnihotri, Aivita, batuhanozdel, DNY59, Frankonline, karnizz, MAYBAYBUTTER, Meinzahn, MIMOHE, Tramino, wellphoto), Shutterstock (Abdecoral, Jaboticaba Fotos, Martin Lehmann, smereka, Dennis van de Water)



Información del Catálogo de publicaciones de la Biblioteca del Congreso is available under PCN 2019930513.
ISBN 978-1-64026-274-4 (library binding)

9 8 7 6 5 4 3 2 1

## TABLA DE CONTENIDO

# ¡Hola, tranvías!

CARREIRA Nº

Los tranvías andan por las calles transitadas de las ciudades. Comparten las calles con los automóviles y los camiones.

MOAD
STOP
VanNess Ave., California
56
& Market
Streets

I PASCHI DI
SIENA
Impresa San S
P.za P. CASTELLI
Impresa
SANSIRO
Milano
1825
www.impresasansiro.it
02 32867

A los tranvías también se los llama "trolebuses." Las vías del tranvía se instalan en las calles. Sus ruedas de metal ruedan por los rieles.

El tranvía es como un autobús que va por la ciudad. Hace muchas paradas. El cartel que está adelante indica hacia dónde va.

RTA
ST. CHARLES
948
HOW'S MY DRIVING
CALL 248-3900
Please Have Exact Fare
Or RTA Pass Ready

Los tranvías son silenciosos. Tienen **motores** eléctricos. Los cables que se encuentran arriba de las vías alimentan el tranvía.

El guarda le dice al conductor cuándo es seguro avanzar.

El conductor empuja una palanca para avanzar.

El conductor hace frenar el tranvía. Las puertas se abren con un zumbido. La gente sube y baja. El tranvía avanza rápidamente hacia la siguiente parada.

BKK
BUDAPESTI
KÖZLEKEDÉSI
KÖZPONT
1332
A BKK szolgáltatója a
BKV ZRT

# ¡Adiós, tranvías!

22
8185

# Dibuja un tranvía

pantógrafo

palanca del operador

asta de trole
puertas
CARREIRA Nº 28
cartel de destino
563
luz de señalización

## Palabras que debes saber

**guarda:** persona a cargo del tren

**motores:** máquinas que dan potencia a los vehículos y los hacen moverse

SIENA
Impresa San
1
P.ZA P. CASTELLI
Impresa
SANSIRO
Milano
1825
www.impresasansiro.it
02 32867

# Índice